ENTREVUE

DU

MARÉCHAL SOULT

ET DU

MARÉCHAL BUGEAUD.

IMPRIMERIE DE A. DELCAMBRE, BOULEVART PIGALE, 48.

ENTREVUE

DU

MARÉCHAL SOULT

ET DU

MARÉCHAL BUGEAUD,

Au Château de soultberg,

OU

PETITE SCÈNE TRAGI-COMIQUE,

Extraite du grand Drame qui depuis quinze ans se joue avec toutes sortes

de variantes, sur le Théâtre politique de la France.

PAR

l'auteur de la *Revue Satirique.*

PARIS

F. BLONDEL, ÉDITEUR, RUE DE LA VICTOIRE, N° 21 TER.

1846.

ENTREVUE

DU MARÉCHAL SOULT

ET DU

MARÉCHAL BUGEAUD,

au château de Soultberg,

OU

PETITE SCÈNE TRAGI-COMIQUE.

———

Il est onze heures du matin. Le Maréchal, assis à son bureau, est occupé à lire ses dépêches, lorsque tout-à-coup le bruit d'une chaise de poste, qui entre dans la cour du château, se fait entendre. Quelques minutes après, l'huissier en chef, dont le vieux maréchal ne se sépare jamais, couvert de ses insignes, comme aux jours des audiences solennelles, vient lui annoncer l'arrivée du Maréchal Bugeaud. Sur

un signe impératif du ministre, l'illustre voyageur ne tarde pas à se

trouver en sa présence.

Le Maréchal SOULT, *se levant.*

Ah ! c'est vous, Maréchal ? Quel bon vent vous amène ?

Je vous croyais encore sur la rive africaine.

(Il se rasseoit en désignant de la main un fauteuil à son

interlocuteur).

Le Maréchal BUGEAUD.

Ma harangue aux soldats aurait bien dû pourtant

De mon départ d'Alger vous tenir au courant.

Le Maréchal S.

Je sais que pérorer fut toujours la manie,

Ou plutôt le besoin des hommes de génie ;

Mais je crains, Maréchal, qu'en orateur disert,

Vous n'ayiez, cette fois, prêché dans le désert,

Car de votre discours je n'ai point connaissance,

(A part.)

Attrape !

LE Maréchal B., *à part.*

L'insolent ! *(Haut)* Pourtant votre Excellence

Reçoit, dit-on, gratis, le journal des *Débats.*

Le Maréchal S. *d'un ton bourru.*

Je le reçois, Monsieur, mais je ne lis pas.

Le Maréchal B.

Mon allocution s'y trouvait consignée,

Et d'éloges flatteurs était accompagnée.

Le Maréchal S.

Mon Dieu ! vous savez bien que ce grave journal

Des hommes en crédit ne parle jamais mal.

Flatteur officiel de tous les ministères,

Il vante mes talents auxquels il ne croit guères.

Qu'aujourd'hui de mes mains s'échappe le pouvoir,

Il blâmera demain ce qu'il louait le soir.

Soyez sûr qu'il mettra toute sa rhétorique

A prouver que j'étais un pantin politique.

Il exalterait moins vos lauriers, croyez-moi,

S'il ne prévoyait pas qu'avec l'appui du roi

Vous pouvez espérer de faire un jour partie

D'un cabinet quelconque, et votre modestie
Souffrira quelques peu de ce banal encens

Qu'il jette sans pudeur à la face des gens.

Sous la branche déchue, il prouvait que Villèle

Des Sully, des Colbert offrait le vrai modèle ;

Sa prose narcotique avec amour prônait

Le somnolent Corbière et le doux Peyronnet.

Mais laissons ce journal et ses palinodies

Chanter sur tous les tons de fades litanies

Qui toujours, quand j'y pense, irritent mon humeur.

De vous voir à Soultberg à quoi dois-je l'honneur ?

Le Maréchal B,

Au plaisir de vous voir d'abord ; et puis ensuite

Au besoin de causer d'un plan que je médite.

Je voudrais là-dessus vous consulter un peu

Et savoir si je peux compter sur votre aveu.

Le Maréchal S., étonné.

Mon aveu, dites-vous?

Le Maréchal B.

Oui, comme à mon chef.....

Le Maréchal S.

Peste!

Depuis quand êtes-vous devenu si modeste?

Mais voyons ce beau plan? En fait de plan, mon cher,

Vous êtes si fécond que mon esprit s'y perd.

Le Maréchal B.

Je vous en ai déjà dans ma correspondance

Parlé plus d'une fois; et si votre Excellence

Daignait en sa faveur, un jour intervenir,

A mes soldats d'Afrique, assurant l'avenir,

Ce plan que j'ai conçu sur une échelle immense,

De leurs rudes travaux serait la récompense.

Le Maréchal S., *réfléchissant.*

Attendez..... En effet, je crois me rappeler

D'avoir lu le projet dont vous voulez parler.

Le Maréchal B.

Eh bien, qu'en pensez-vous?

Le Maréchal S. *froidement.*

Qu'il est impraticable.

Le Maréchal B.

J'espérais cependant..,..

Le Maréchal S.

L'idée en est louable

Sans doute, j'en conviens; mais pour l'exécuter

Dieu sait ce qu'à l'État il en pourrait coûter!

Le Maréchal B.

La France est assez riche...

Le Maréchal S. *souriant d'un air narquois.*

Et peut payer sa gloire,

Monsieur Trognon l'a dit, et nous devons l'en croire.

Mais répéter souvent de ces traits généreux,

C'est un métier de dupe, un métier dangereux.

Cessez de caresser un projet chimérique :

Croyez-moi, retournez au plus tôt en Afrique.

Si j'en crois les rapports qui me sont parvenus,

Les Kabyles d'Oran soulèvent nos tribus.

Le bruit court que l'Emir a quitté sa retraite

Pour nous combattre encore et venger sa défaite.

Ce fanatique chef, ce guerrier marabout

Nous deviendra fatal tant qu'il sera debout.

Le Maréchal B.

Non, l'Emir ne peut plus, j'en réponds sur ma tête,

Du fond de son désert nuire à notre conquête (1).

----

(1) Quelques jours à peine s'étaient écoulés depuis la mémorable

La victoire d'Isly l'a démoralisé,

La fièvre le travaille, et son corps est usé.

Il ne sortira plus de son antre sauvage

Que pour faire à la Mecque un saint pélérinage.

Où sont ses cavaliers? Où sont ses fantassins

Qui toujours, à sa voix, se dressaient par essaims?

La guerre a tout détruit; ce qu'il en reste encore

Chaque jour se rallie au drapeau tricolore.

Nous ne compterons plus parmi nos ennemis

Que deux ou trois tribus, Kabyles insoumis.

Avant peu, Maréchal, je marcherai contre elles.

Mais j'aurais eu déjà raison de ces rebelles,

---

entrevue de deux maréchaux de France que l'apparition soudaine d'Abd-

el-Kader et de ses farouches cavaliers dans la province d'Oran, venait

donner un sanglant démenti aux prévisions de M. Bugeaud.

Si le gouvernement, hostile à mes desseins,

(En portant la main à son épée).

N'eût laissé cette épée oisive dans mes mains.

De mesquins intérêts dont je suis la victime,

Ont creusé sous mes pas abîme sur abîme.

Au moment décisif, quand il faudrait agir,

Un message m'arrive et je dois m'abstenir :

C'est aussi trop longtemps me courber en esclave

Devant un cabinet qui me nargue et me brave.

Le Maréchal S., *avec dignité.*

Si vous foulez aux pieds les ordres du pouvoir

On vous fera, Monsieur, rentrer dans le devoir.

Vous devez obéir quand le conseil ordonne.

Le Maréchal B.

C'est pour avoir suivi les ordres qu'il me donne

Que le sang a coulé dans plus de vingt combats

Sans fruit pour l'Algérie et mes braves soldats,

Que l'Emir fugitif, après notre victoire

Où l'armée à l'Isly s'est couverte de gloire,

A pu, dans la mêlée, échappant à nos mains,

Gagner sans coup férir les États marocains,

Que la France a payé tous les frais d'une guerre

Suscitée en secret par l'or de l'Angleterre.

Le roi maure aurait-il osé nous attaquer

Si cet or corrupteur avait pu lui manquer ?

En résumé, voilà l'œuvre du ministère ;

De tels exploits n'ont pas besoin de commentaire.

Le Maréchal S.

Votre arrogance est grande envers un cabinet

Qui s'est montré pour vous, je vous le dis tout net,

Trop indulgent peut-être ; et puisqu'il faut tout dire,

Avec la crudité d'un soldat de l'empire,

C'est à ce cabinet qu'ici vous insultez,

Que vous devez honneurs, titres et dignités.

Le Maréchal B.

Ces titres, ces honneurs dont la presse se raille,

Je les ai tous conquis sur le champ de bataille.

Les faveurs d'un pouvoir que je n'estime pas,

Je vous le dis sans feinte, ont pour moi peu d'appas.

Le Maréchal S., *avec ironie.*

Quand on est, comme vous, si grand, si magnanime,

On ne sert pas, monsieur, les gens qu'on mésestime.

Le Maréchal B. *avec emphase.*

Je suis le serviteur de la France et du roi.

(Prenant un ton de bonhomie.)

Et tenez, soyez franc, vous souffrez comme moi

Des fautes que commet une insigne faiblesse,

(Avec indignation).

D'une paix achetée à force de bassesse.

De quelle autorité, président nominal,

Etes-vous investi pour empêcher le mal?

Oui, vous souffrez, vous dis-je; oui, c'est sur un cratère

Que votre cabinet s'agite et délibère,

Car, malheureusement, il est dans le conseil

Un homme qui jamais ne trouva son pareil

Pour attiser le feu, pour semer la discorde,

Pour nous offrir la coupe où la honte déborde.

Cet homme, que le ciel marqua d'un sceau fatal,

Gonflé de fiel, d'orgueil comme un autre Baal,

Finira par tout perdre, et le Prince et l'Empire,

Si l'on ne met un frein à son fiévreux délire.

Il est temps d'arrêter ce torrent destructeur

De la chûte des rois sinistre avant-coureur.

C'est à vous, monseigneur...

Le Maréchal S., à part.

Il me monseigneurise!...

Allons! il va lâcher encor quelque sottise.

Le Maréchal B. , reprenant.

C'est à vous, vieux soldat, dont le cœur haut placé

Déplore les fureurs d'un ministre insensé,

C'est à vous de parler, de faire enfin comprendre

Au roi que nous aimons, que nous voulons défendre,

Qu'il est urgent pour lui, pour son peuple et l'Etat

D'exclure du conseil ce fougueux apostat.

Courage, Monseigneur!

(*Ici Monseigneur hausse les épaules*),

Que par votre entremise

Et cet esprit si fin qui vous caractérise,

Le transfuge, qui n'a que le nom de français,

Qui se pose en Caton avec un frac anglais,

Disparaisse bientôt des affaires publiques;

Et la France oubliant ses crimes politiques,

Vous bénira d'avoir, par ce coup vigoureux,

Relevé dignement son drapeau glorieux,

Ce drapeau devant qui l'Europe tout entière.

Tremblante et mutilée inclinait sa bannière.

Le Maréchal S., *avec un dépit concentré d'abord, mais*

qui finit par éclater à mesure qu'il parle.

Si je connaissais moins votre loquacité,

Où perce tout l'orgueil d'un esprit irrité,

A ce discours empreint de morgue et d'arrogance

Le châtiment bientôt aurait suivi l'offense.

Eh quoi! c'est vous, monsieur, vous mon subordonné,

De tous les grands pouvoirs, vous le courtisan né,

Qui venez me tenir un tel discours en face?

J'admire, en vérité, votre insolente audace!

L'homme que vous blâmez si héroïquement

N'avez-vous pas pour lui voté publiquement?

Pour lui n'avez-vous pas pris souvent la parole

Et couronné son front de la sainte auréole?

C'est s'estimer bien peu de dénigrer les gens

A qui naguère encore on prodiguait l'encens.

Quel nom donnerez-vous à la double tactique
Qui dispense à la fois l'éloge et la critique?

Je vous laisse le soin d'expliquer...

Le Maréchal B.

A quoi bon!

Je sais qu'au fond du cœur vous me donnez raison.

Ce que je dis tout haut, avec quelque rudesse,

Vous le pensez tout bas sans que cela paraisse.

De quel œil, dites-moi, voit-on au Parlement

Le rôle qu'on impose à votre dévoûment?

Usurpateur des droits de votre présidence,

Guizot dans le conseil vous condamne au silence.

Il ne laisse pas même une ombre de pouvoir

A ceux qui, sur son banc, aux chambres vont s'asseoir.

Pourtant à gouverner, vous qui pouviez prétendre,

Vous souffrez...

Le Maréchal S. , *se levant.*

Oui, beaucoup!... Mais c'est de vous entendre.

De grâce, brisons-là ce stérile entretien

Qui s'est trop prolongé.

(*Brusquement*)

Que me vouliez-vous?

Le Maréchal B.

Rien.

Seulement je n'ai plus qu'un seul mot à vous dire.

Le Maréchal S.

J'attends; mais hâtez-vous, j'ai mon courrier à lire.

Le Maréchal B.

Approuvez-vous ou non le plan que j'ai formé ?

Le Maréchal S.

En termes assez clairs je m'étais exprimé

Là-dessus, ce me semble ; il m'est vraiment pénible

De vous le répéter : la chose est impossible.

Le Maréchal B.

Impossible à qui veut la voir sous un faux jour.

Eh bien ! je vais ici m'expliquer sans détour :

D'un refus malveillant, injuste, inexorable

Au nom de mes soldats je vous rends responsable.

Dans mon gouvernement je ne retournerai

Qu'avec les pleins pouvoirs de régir à mon gré.

C'est mon *ultimatum*. Maintenant, je vous quitte

Pour aller rendre au roi compte de ma visite.

Je n'espère qu'en lui, c'est mon dernier recours.

Peut-être à mon projet voudra-t-il donner cours ;

Il faudra bien alors que le ministre trouve

Excellent et parfait ce que le prince approuve.

MARC D'ESP.

(*Les deux Maréchaux se séparent fort irrités et fort mécontents l'un de l'autre. Il est facile de prévoir que l'entretien dont nous n'avons été que le faible, mais scrupuleux narrateur, ne tardera pas à être suivi d'une rupture éclatante entre deux hommes qui se détestaient déjà passablement.*)

ÉPITRE A LAMARTINE.

EPITRE A LAMARTINE,

AU SUJET DE L'ADMIRABLE DISCOURS

Qu'il a improvisé à la Chambre des Députés, dans la séance du Mois de janvier 1843.

Orator vir probus dicendi piritus.

CICERON.

Honneur à toi, député courageux

Dont la parole magnifique

Electrisant tous les cœurs généreux,

A mis à nu la politique

Du cabinet machiavélique,

Lâche instrument du système pervers

Qui nous abaisse aux yeux de l'univers.

Eh ! quel autre que Lamartine

D'un grand peuple immolé sur l'autel de la peur

Sait mieux revendiquer et les droits et l'honneur ?

Ose frapper le mal à sa racine

Sans t'effrayer de la sourde rumeur

Du prétendu parti conservateur

Que la peur de l'anglais domine,

Digne en cela du ministre félon

Si caressé par l'Angleterre

Pour tout le mal que fait sa bile atrabilaire,

Pour la honte jetée à notre pavillon.

Oui, je le dis sans flatterie,

Car je suis dans ces vers l'écho de la patrie :

Ton discours tribunitien

Est à la fois l'œuvre accomplie

Et d'un grand orateur et d'un bon citoyen.

Tandis que tu parlais, l'arrogance et l'audace

De nos Janus à double face

Contenaient avec peine un dépit menaçant.

Du centre *pur* l'escadron turbulent,

Muet à la tribune, à son banc si loquace,

Ecoutait cette fois, vaincu par le talent.

Ce discours a troublé plus d'une conscience.

L'insulaire Guizot dévorait en silence

Le stigmate jeté sur son front pâlissant.

Lumineux et hardi, fort de raisonnement,

Comme tout ce qu'on doit à ton savoir immense ;

Plein de ce feu sacré, patriotique élan

Que semblait t'inspirer le Dieu de l'Eloquence,

Il aura dans les cœurs du retentissement

Partout où le nom de la France

Qu'on n'insultera pas toujours impunément,

Des peuples opprimés est l'ancre d'espérance.

Chacun se dit en le lisant

Que jamais notre Parlement,

Qui compte dans son sein tant d'orateurs d'élite,

N'a rien produit de si beau, de si grand.

Mais ce discours qu'on s'arrache, qu'on cite

Avec orgueil, avec amour,

Aurait-il donc moins de mérite

Si, déchirant plus d'un voile hypocrite,

Il eût voulu percer à jour

Cette politique de cour,

Dont le pays et se lasse et s'irrite ?

Peut-être que le souvenir

Du code acerbe de septembre

Sur ta lèvre indignée est venu retenir

Le blâme prêt à se répandre.

Il est, je le sais bien, dangereux quelquefois

D'oser tout dire à cette chambre

Où des esprits égoïstes, étroits

S'empressent d'étouffer ton imposante voix,

Qui ne se fait jamais entendre

Que pour flétrir les transgresseurs des lois,

Les ultra du budget, ces loups-cerviers voraces

Qui, sous tous les pouvoirs, courent après les places,

Comme une proie offerte à leur servilité.

Toi, que l'amour du bien public enflamme,

    Ami des lois et de la vérité,

Laisse, laisse éclater les accents de ton âme

Contre tant de bassesse et de perversité !

Si, dans tes vers empreints de verve et de génie

Tu sais par les accords d'une douce harmonie

    Ravir, enchanter tes lecteurs !

    Que tu sais bien, aussi, dans ta prose brûlante,

Emouvoir, subjuguer tout un flot d'auditeurs

Qu'entraîne à t'écouter ta parole éloquente !

O puissant orateur ! que ton destin est beau !

    Etre à la fois Cicéron et Pindare,

    Fut en tout temps un phénomène rare.

    Je doute fort que Racine et Boileau

Eussent jamais parlé du haut de la tribune

    Comme Barnave et Mirabeau.

Pour tes contemporains quelle heureuse fortune

D'admirer en toi seul des talents si divers !

Le ciel te réservait la gloire peu commune

D'unir l'art oratoire au charme des beaux vers.

www.ingramcontent.com/pod-product-compliance
Lightning Source LLC
Chambersburg PA
CBHW061624180626
46818CB00005B/2215

Že

24375

L'IMPRIMERIE,

ODE.

Phenices primi, famæ si creditur, ausi
Mansuram rudibus vocem signare figuris.
                              Lucain, Pharsale.

A PARIS,

De l'Imprimerie de VALLEYRE, Fils,
rue de la vieille Bouclerie.

M. DCC. LXIV.

L'IMPRIMERIE,

O D E.

E Monde connoître les caufes:
Déja les jours font accomplis:
On verra les plus grandes
 chofes ;
Les deffeins du Ciel font remplis.
La nuit tombe, lë rideau s'ouvre ;
Quel Théatre à moi fe découvre!
Que vois-je ? de mondes divers
Un Dieu me montre retracées
Des tems les voûtes effacées :
J'annonce d'autres univers.

 TAISEZ-vous donc , bruyant tonnerre,
Au ton fublime de ma voix ;
Laiffez-moi parler à la Terre
Des grandes chofes que je vois:

Que les Peuples, à ces merveilles,
Pour m'entendre, ouvrent leurs oreilles,
Et qu'ils s'inftruifent par leurs yeux.
Quel Aftre, en fa brillante aurore,
Dans le cahos qu'il fait éclore,
Seme l'or, l'azur & les feux ?

C'EST toi, Roi des Arts, qui du Monde
Ecris les révolutions,
Qui diffipes la nuit profonde
Dont s'attriftoient les Nations ;
C'eft toi de qui la connoiffance
Mettra dans leur magnificence
Les hauts Monumens, les beaux Arts ;
Et qui ne faifant que de naître,
Appris aux Peuples à connoître
Les grands Léons, les bons Céfars.

ART parlant, vrai maître des hommes,
Tu dis la gloire des États ;
Tu dis la chûte des Royaumes,
La fortune des Potentats :
Des Peuples tu fçais l'origine,
Et tu nous apprends la rüine
Des Rois Xerxès qui ne font plus ;
Tu retraces en couleur vive

Ces Dieux que vit paſſer Ninive
Depuis le regne de Bélus.

O PRESSE ! Science admirable,
Tu vas placer ſur les Autels
Et peindre au Temple mémorable
Des Céſars les noms immortels :
Tu nous montres au plus haut faîte
Les Tacite portant leur tête
A l'égal des plus grands Guerriers ;
Et des Virgile & des Auguſte
Tu repréſentes mieux qu'un buſte
Le front brillant de verds lauriers.

DE mes malheurs je me conſole
Sur l'appui d'un Art ſi divin ;
Sur l'Océan c'eſt ma bouſſole,
Sur moi l'orage gronde en vain.
La Carte qui les Mers enferre,
Le Compas meſurant la Terre,
Le Verre rapprochant les Cieux ;
Ces Arts que nous vante la Grèce,
Des tréſors, au prix de la PRESSE,
N'ont pour moi rien de précieux.

J'ADMIRE le beau caractère
D'un Art ſurpaſſant le Pinceau,

Qui brille de traits de lumiere,
Comme un astre dans son berceau ;
Ces figures si bien tracées,
Qui donnent du corps aux pensées,
Et les revêtent de couleurs ;
Et du tableau ces doux nuages,
Qui paroiſſent de leurs images
Obſcurcir les brillantes fleurs.

ART plein de grandeur & de graces ;
Qui met par-tout de l'ornement,
Qui ſemble arrêter ſur ſes traces
La voix qui fuit en un moment :
Par lui la parole eſt fixée,
Lorſque dans l'air elle eſt paſſée ;
Il la rend préſente à nos yeux ;
Cet être pour nous inviſible,
Il le revêt d'un corps ſenſible
Par un ſecret ingénieux.

ART divin, ſublime & ſuprême,
Qui forme un Livre tout nouveau
D'un Ouvrage toujours le même,
Qui du Soleil voit le flambeau ;
Quand, par une feuille nouvelle,
Il rend en ſa gloire plus belle

Un Poëme mangé des vers,
Comme d'un feuillage plus fombre,
L'aimable Printems donne l'ombre
Aux bois féchés par les Hyvers.

    En Bronze noir * l'Imprimerie
Me montre ces beaux Monumens,
Qui, des tems bravant la furie,
Durent comme des Diamans :
Des Sçavans je vois les Ouvrages,
Qui des ans vainquent les outrages,
En caractères éternels ;
Sur des Colonnes élevées,
Je vois les actions gravées
Des Rois, des Héros immortels.

    En fon Temple m'ouvrant fes faftes,
Apollon m'introduit d'abord,

---

* Je prierois ici le Public de prendre ces ex-
preffions & autres femblables qu'on trouvera
dans mon Ode, moins à la lettre qu'en figure.
Je n'entendrois pas précifément que la Preffe
travaillât fur l'Acier ou fur le Bronze, &c.
mais que fes Ouvrages, comme elle travaille,
doivent durer autant que l'Acier ou le Bronze,
& les chofes les plus durables.

Il fait tomber ces Portails vaftes
Qui vont tournant fur des gonds d'or ;
A fon regard fier & terrible,
S'ouvre cette barriere horrible,
Dont l'airain fait mugir les airs :
Déja par cent portes ouvertes,
De ces enceintes découvertes,
Se montrent les vaftes déferts.

    » Entrons, me dit ce Dieu de Gloire,
» Par ce Portail aux lourds battans,
» Entrons au Temple de Mémoire,
» Elevé par la main des Tems :
» Ce Temple, vainqueur des années,
» Tient le Livre des deftinées,
» Sur un énorme Autel de fer ;
» Tu verras dans un bronze immenfe,
» Où tout finit, où tout commence,
» Des tableaux cachés à l'Enfer.

    » De ce Temple vois l'artifice,
» Comme il eft fur la nuit monté ;
» Mefures ce grand Edifice,
» Qui fur l'abîme fut voûté :
» Regarde cette grande maffe,
» Qui releve avec tant d'audace

» Le Nom des Monarques connus :
» C'eſt une immenſe Babylone ;
» Ici Trajan ſur ſa colonne ,
» Et là, dans ſa tombe, Ninus.

    » C'ᴇsᴛ d'ici que la Renommée
» Parle aux deux bouts de l'Univers ;
» Sa voix , du Tonnerre formée ,
» Retentit au-delà des Mers ;
» Le ſon de ſa grande trompette,
» Que la voûte du Ciel répete ,
» Avec éclat ſera ſemé ;
» Il porte plus haut que la nue,
» Juſqu'aux Pôles des Cieux connue ,
» La Grandeur d'un Monarque aimé.

    » Voɪs dans la gloire ou les ténébres,
» Les bons ou mauvais Empereurs,
» Qui rendirent leurs jours célébres
» Par leurs bienfaits ou leurs fureurs:
» Ici Titus , moins Roi que pere ,
» Loin de lui le tyran Tibère
» Et le monſtre Caligula :
» Là le glorieux Marc-Aurele,
» Et Tite, d'une ame auſſi belle ;
» Plus loin l'affreux Caracalla.

» D'u n doigt de fer, l'Imprimerie
» Grave fur des Tables d'airain
» Ces Tables qui prennent la vie
» Sous les couleurs de mon burin ;
» Elle trace dans un champ libre
» Les Rois de la Seine & du Tibre * ,
» Qui de cet Art firent l'honneur ;
» Ces Princes, qu'avec gloire on nomme,
» Et qui de Paris & de Rome
» Porterent fi haut la grandeur.

   » S o u s un Dôme à vitrage antique ,
» Qui brille du fafte Romain ,
» Voici Guttemberg ** , homme unique ,
» Qui forma cet Art de fa main :
» En bufte d'or vois fon image :
» L'Ouvrier lui dut cet hommage ,

---

* François Premier & Sixte-Quint. Le premier fonda l'Imprimerie du Louvre que releva le Cardinal de Richelieu. Le dernier bâtit l'Imprimerie du Vatican, que fonda Pie I V ; c'eft lui qui reçut les Lettres Arabiques de Dominique de Bara , Vénitien d'origine.

** Jean Guttemberg , natif de Strasbourg , Allemand de naiffance.

» Mieux qu'à Lycurgue & qu'à Solon :
» A l'égal du haut diadême,
» Il mérita l'honneur suprême
» Qu'on rend au divin Apollon.
  » ORNEMENT d'une République,
» Qui soutient son faste orgueilleux ;
» Alde-Manuce en Italique,
» Nous donnera du merveilleux :
» Quand Mentel, d'un métal qui coule
» Dans le creux de son nouveau moule,
» Montre un caractère formé :
» Strasbourg, & Mayence & Venise,
» Malgré l'esprit qui les divise,
» Soutiendront un Art renommé.
  » REGARDE dans la même gloire ;
» Placé près d'Auguste, Maron ;
» Reconnois dans la même Histoire,
» Auprès de Jule, Cicéron ;
» D'un doigt d'acier le Tems y trace
» A côté de Mecène, Horace ;
» Et Lucile qui suit de près :
» Plus loin tu verras sur le cédre
» Le tendre ami des Fables, Phédre,
» Avec César sur le cyprès.

» L a Preſſe , ma Fille premiere ,
» Qui paſſe l'Art Phénicien
» Par ſes traits brillants de lumiere ,
» Marque le moderne & l'ancien ;
» Du Taſſe elle peint la jeuneſſe ,
» D'Homère anime la vieilleſſe ,
» Et rajeunit ſes cheveux blancs ;
» Comme le Vent , par ſes haleines ,
» Renouvelle au Printems ces plaines
» Où paiſſent les Agneaux bêlans.
　 » I c i ſont les Académies ,
» Que jadis le Pinde marqua
» Pour ſes Reines & ſes Amies ,
» Paris , Florence , & la Cruſca ;
» Elles vont cueillir ſur mes traces
» Tous les jours le myrte des Graces ,
» Et le laurier de l'Hélicon :
» Elles remportent du Permeſſe
» La couronne de la Sageſſe
» Et les roſes d'Anacréon. «
　 A i n s i parle le Dieu lyrique ,
Qui ſeul conduit le char du jour ,
Et qui des ſons du Luth dorique
Des Aſtres charme le ſéjour ;

Dans ce Temple de maſſe énorme,
Où l'Art ne laiſſa rien d'informe ;
Il m'ouvre l'Hiſtoire des Tems ,
Quand , ſous ces voûtes immortelles ,
Sur des Colonnes éternelles
Je lis les grands évenemens.

LA Preſſe ſur le Bronze marque
Les faits & les tems effacés ,
Et peint le Héros , le Monarque ,
A nos yeux ſous l'ombre éclipſés.
O Rois ! dans ſes grandes figures ,
Qu'elle tire des nuits obſcures ,
Inſtruiſez-vous de grands malheurs ,
Voyez-y, Conquérans , montrée
Votre ame du ſang des Atrée ,
En traits des plus noires couleurs.

LE Tems a levé la barriere ,
Qui ſépare l'éternité ;
Tremblant , je reviens en arriere
Quand je vois cette immenſité ;
Devant moi des voûtes déſertes ,
Me montrent de la nuit couvertes
Les plus funeſtes actions ;
Le jour rendra manifeſtées ,

A ſes ombres épouvantées ,
Des Rois les noires paſſions.

 J E lis , je vois , ô quelle honte !
En caractère radieux ,
D'un Roi que le vice ſurmonte ,
Des traits pour lui trop odieux ;
Au milieu des tables infâmes
Se laiſſe vaincre par les femmes ;
Le grand Vainqueur * du noir Memnon ,
De ſon ami Prince homicide ,
Il tombe ſous le vin d'Alcide ,
Lui dont tout redoutoit le nom.

 J E vois les Conquérans du Monde
Marquer les pas de leur fureur ,
Lorſque de la terre & de l'onde
Ils font un théatre d'horreur ;
Dans les Campagnes de Pharſale
Paroîtra la valeur rivale

---

 * Alexandre le Grand qui retourna Vainqueur de l'Inde ; il aima le ſang , le vin & les
femmes. Il tua de ſa main ſon ami dont parle l'Hiſtoire : l'on dit qu'il tomba mort ſous la
coupe d'Hercule d'un excès de boire qu'il fit
dans un Feſtin qu'il donna à Babylone.

De deux Chefs de courroux fumans ;
Actium verra fuir Antoine,
Des Romains morts, la Macédoine
A vu blanchir les offemens.

 Que lis-je dans les deſtinées ?
Ah ! des Nations fans retour,
Par la faulx du tems moiſſonnées,
Des Rois moiſſonnés à leur tour ;
Que nous montrent ces pyramides
Qui regardent les noirs Numides ?
Les Tombeaux des Rois Pharaon,
Trajan, fous l'ombre de Bellone,
Dans Rome éleve une Colonne ;
Mais qu'en emporte-t-il ? un nom.

 Qu'annoncent des Princes avides ?
Impitoyables Conquérans,
Des Rois, courages intrépides,
Qui paſſent comme des torrens ?
Ce font des Villes ruinées
Et des Nations conſternées,
Des Pays au loin ravagés ;
Mais un jour la terre dévore
Ces brûlans enfans de l'Aurore ;
Ils meurent, les Dieux font vengés.

L'Histoire m'ouvre ses Annales,
Que la Presse met sous mes yeux ;
J'y trouve les chûtes fatales
Des Mortels dont on fait des Dieux,
Je vois tomber dans leurs Conquêtes,
Et passer comme des tempêtes,
Ninus , Cambise , Tamerlan ;
Et l'impétueux Alexandre
Qui voyoit devant lui descendre,
Les Rois de leur Trône tremblant.

J'ai vû de grandes Capitales
Changer d'état , ou n'être plus :
Princesse aux Tours Orientales,
Qu'êtes-vous , Ville de Bélus ?
Où fut Babel il croît de l'herbe ;
De Babylone la Superbe,
Bagdat me montre les débris :
Si du Tigre je suis la rive,
Mozul me retrace Ninive ;
Je trouve Ecbatane en Tauris.

J'ai vû du Monde Asiatique
Les trois grands Empires tomber,
Et secouant leur tête antique,
Sous les coups du Tems succomber.

Quels effroyables Encelades,
Au Ciel tentoient des escalades,
Et levoient leur front menaçant !
Ils sont retombés en poussiere
Ceux qui portoient leur tête altiere,
Assyrien, Mede & Persan.

Le Monarque de Macédoine
Succéde au Trône de Cyrus,
Soumet les Rois de Chalcédoine,
Il meurt le vainqueur de Porus.
Des décombres de son Empire
Qui dans la mort du Maître expire,
Sortent des États souverains :
Pour ses Sujets comptant les Princes,
De ces États fait ses Provinces
Rome Maîtresse des destins.

Il paroît deux forces égales
Qui de Mars aiment les travaux;
Puissances fieres & rivales,
Qui disputent pour leurs Drapeaux.
Ce sont deux Nations guerrieres,
Entr'elles immenses barrieres :
Le Parthe qui lance ses dards;
Le Parthe en sa plaine brûlante,

Le Romain * dans fa main tremblante
Portant chez lui fes étendards.

Sur Rome, la haute Bizance
L'emportera fous Conftantin,
Et deviendra par fa préfence
Siége de l'Empire Latin.
Contre ce Coloffe tout lutte ;
Le Ciel retentit de fa chûte,
Et le Monde en eft écrafé.
Il fort deux Géants ** redoutables
Des ruines épouvantables
De ce Coloffe tout brifé.

De ces Géants, l'un vers l'Aurore
Regarde & tourne un œil ardent ;

---

* L'on fçait comme Craffus fut défait par les
Parthes ; comme les Romains furent repouffés
jufqu'à l'Euphrate, qu'on regardoit la barriere
des deux Empires ; & comme le Vainqueur
rendit les drapeaux à Augufte lorfqu'il donna
la paix au Monde, & qu'il ferma le Temple
de la Guerre : ce qui fembloit balancer les
forces entre ces deux Puiffances.

** L'Empire d'Orient, l'Empire d'Occident.

L'autre s'éloignant du Bosphore,
Etend son bras vers l'Occident.
Mais qu'entends-je ? un coup de tonnerre
Tout tremble : au centre de la terre
Ils ont caché leur front poudreux,
Que vois-je ? le Signe infidéle
Et l'Aigle * qui d'une grande aile
S'éleve dans l'air ténébreux.

Je vois céder au Cimetere,
Et reconnoître le Croissant :
On respecte son caractere
Du Bosphore au Soleil naissant.
Son Empire tyran des ondes
Embrasse presque les trois Mondes.
Le Croissant attaque la Croix ;
Le Turban combat la Thiare ;
Le Bosphore, le Tibre avare,
Ce Tibre qu'honoroient les Rois.

Je te reconnois, grande Ville,
Qui fus le Siége des Céfars,
Le Théatre de Paul Émile
Et le Temple fameux de Mars.

_____

* L'Empire du Turc, l'Empire d'Allemagne.

Du Monde Chrétien juste Reine,
Rome, tu dois de Souveraine
Soutenir encore les droits :
De la Paix tu donnes les charmes ;
Jadis tu régnois par les armes,
Tu regnes enfin par la Croix.

    AINSI ton Art, autre Écriture,
Des Tems trace l'immenſité,
GUTTEMBERG, qui dans ta peinture
Marques des traits pleins de clarté,
Straſbourg devoit montrer ta gloire
Mieux que ne vanta la mémoire
D'Éraſme, Amſterdam glorieux :
Il te devoit une Statue,
Non d'un bronze noir revêtue,
Mais de l'or le plus radieux.

    CE Dieu qui verſe la lumiere,
Qui porte l'arc, touche le luth
Et ſçait les Arts, dans ſa carriere
Regarde celui qui lui plut :
Il approuve cet Art utile,
Qui ſous la Preſſe ſi fertile
Produit les fleurs des bons Écrits.
Cadmus de ſa gloire immortelle

Voit que l'Écriture nouvelle
De la sienne efface le prix.

    Nous sommes d'autres Prométhées
Pour surpasser les Nations ;
Nous serons des seconds Prothées
Pour donner des inventions.
L'un du Ciel prend le feu * rapide ;
L'autre enchaîne le flot perfide
Et trouve l'admirable Aimant **.
Quel sera des Arts le miracle ?
O Mortels ! écoutez l'Oracle,
C'est l'Art qui vient d'un Allemand ***.

    O vous qui buvant l'Hypocrene ,
Au laurier du Parnasse un jour
Ajoutez l'olive d'Athène,
A cet Art faites votre cour,
Que vous chantiez sur ces rivages
Où du Tibur aux verds bocages

---

    * Bertot Niger , Cordelier Allemand , qui inventa la Poudre.

    ** Marc Paul , Vénitien , qui trouva la Boussole.

    *** Jean Guttemberg , natif de Strasbourg, qui fit l'Imprimerie.

Le Pô baigne les doux tapis ;
Que vous foupiriez fur ces ondes,
Que la Seine aux rives fécondes
Roule en s'éloignant de Paris.

    POUR moi fi je touchai la lyre
Aux bords où la Saône * a fon cours,
Je défirai dans mon délire
Cueillir le prix de vos amours.
Je brûlois ainfi de vous fuivre.
Affez long-tems puiffai-je vivre
Pour égaler votre renom !
Je chanterois dans mes Ouvrages
Nos Rois même au-delà des âges
Qu'on nombre depuis Pharamond.

———————————————

   * Ce fut à Lyon que je commençai cette
Ode.

F I N.

42 Stroph

J'Ai lu, par ordre de Monseigneur le Vice-Chancelier, un Manuscrit intitulé : *L'Imprimerie, Ode ;* & il m'a paru que l'impression pouvoit en être permise. A Paris, ce 3 Mai 1764.

MAIGNAN DE SAVIGNY.

www.ingramcontent.com/pod-product-compliance
Lightning Source LLC
Chambersburg PA
CBHW061624180626
46818CB00005B/2223